FABLES NOUVELLES

PAR

L'ABBÉ J.-H. BOYER,

Curé à Trébas.

ALBI,

IMPRIMERIE DE MAURICE PAPAILHIAU.

1864.

FABLES NOUVELLES

PAR

L'ABBÉ J.-H. BOYER,

Curé à Trébas.

ALBI,

IMPRIMERIE DE MAURICE PAPAILHIAU.

1864.

LIVRE PREMIER.

—

FABLE I.

LE MOINEAU ET L'HIRONDELLE.

C'est dangereux au nain de faire le géant,

Je vais le prouver clairement.

Un moineau de peu de cervelle,

Mais non pas de peu de caquet,

Qualités qui, souvent, mettent même bonnet,

Voulut imiter l'hirondelle. —

« Je suis las, dit notre moineau,

De voir qu'on donne à cet oiseau

Préférence sur notre race.

Que fait-il, que moi je ne fasse?

Il happe les mouches dans l'air,

Voltige sur terre et sur mer;

Belle raison pour qu'on le place

Au premier rang. Si Jupiter

Permet pour si peu qu'on le loue,

La louange est aisée ici-bas, je l'avoue,

Mais je mérite, Dieu merci,

Même honneur; car je vole aussi

Et mon aîle vaut bien son aîle. » —

Disant ce mot, une hirondelle

Passe. Il la suit, et croit, en tout, faire mieux qu'elle.
Les voilà dans les airs tous deux. Le passereau,
        En présomptueux personnage
        Qui veut en croire à son cerveau,
Pense des regardants emporter le suffrage.
Il fait fort gauchement à grands frais maint passage,
        Que l'hirondelle en se jouant,
        S'égayant, chantant et voguant
Sur les flots éthérés, exécutait sans cesse,
        Avec promptitude et souplesse.
Tantôt on la voyait friser l'onde des mers,
Et tantôt s'élevant se perdre dans les airs;
Caracolant, plongeant, rasant l'air et la terre
Et, soudain, remontant planer près du tonnerre.
Même en ce jour de gloire elle osa, ce dit-on,
Poursuivre en leurs détours ces routes incertaines,
Où jadis l'imprudent et faible Phaéton
De ses coursiers fougueux ne put tenir les rênes.
Le soleil indigné lui lançait son éclair,
Quand fort heureusement ce père de lumière
Vit écrit sur le front de notre aventurière,
Que tout était permis à la fille de l'air. —
Elle descend enfin et voit tout hors d'haleine
Le pierrot qui, dans l'air, se soutient avec peine,
Quand, tout-à-coup, hélas! n'en pouvant plus d'efforts,
Il tombe et va soudain voltiger chez les morts.

Il est d'autres moineaux qui croyaient au Parnasse,
Sur les genoux d'Homère, emporter une place;
Mais leur aîle faiblit avant que d'être au haut
Et leur fit tristement faire saut de pierrot.

FABLE II.

LE DINDON ET DIVERS ANIMAUX.

Plaignez-vous, la prévention
Fit et fera toujours des dupes dans le monde;
Il est peu de mortels en la machine ronde
Qui n'écoutent sa voix avec soumission;
Chacun, qui plus qui moins, encense la déesse.
Le mal est incurable.

Autrefois un dindon,
(Ce n'était pas un sot, bien que chez son espèce
On ait vu des sots quelquefois)
Donnait un avis que je crois
Plein de prudence et de sagesse.
« Mes frères, disait-il à tous ses commensaux,
Je sais, de bonne part, que notre puissant maître
Va marier son fils, et nous verrons paraître,
A cette occasion, un peuple de vassaux
Qui s'en viendra faire bombance
A nos dépens et, tour-à-tour,
Nous descendrons au noir séjour.
Si l'on m'en croit, en diligence,
Chacun de nous se résoudra
A fuir loin du château, quand la cruelle engeance,
Pour ce jour de fête, accourra;
Je n'y trouve que ce remède :
Aidons-nous et le ciel nous aide. » —

Le coq dressa la tête et d'un pas recula.
« Si quelqu'autre, dit-il, m'avait conté la chose,
    J'eusse goûté cet avis-là. » —
La cane en dit autant. — L'oison fit mainte glose,
S'étendit longuement sur le peu de raison
Qu'à suivre un tel avis montrerait un oison. —
Le paon était distrait, regardait l'horizon;
Il ne saisit pas bien. — La pintade enrouée,
Ménageant le dindon en parente rouée,
    Ne dit pas ce qu'elle ferait. —
    Le mouton dit qu'il ne croirait
    Que ce que Guillot lui dirait. —
Don pourceau, gromelant, dit : «Pour moi, je réprouve
Tout avis qui nous vient d'un sujet sans renom;
    Et, tout examiné, je trouve
Qu'on doit peu de crédit au discours d'un dindon;
    C'est mon avis; ainsi je pense. » —
Le bœuf, interrogé, rompt enfin le silence,
Et dit fort savamment : « Mes amis, quant à moi,
    Je ne crois pas, en bonne foi,
    Qu'on doive ainsi juger la chose.
Jupiter règle tout et ne fait rien sans cause.
C'est de lui que nous vient tout avis important.
Mais ce dieu, comme on sait, nous le donne souvent,
Par différents moyens, par divers personnages :
Il fait parler les fous, il fait parler les sages,
Tantôt un éléphant et tantôt un dindon;
Mais son avis de père est pour nous toujours bon.
D'où je conclus enfin que dans toute audience
On doit peser l'avis et non le rapporteur. » —
On ne l'approuva point, et, malgré sa science,

On le traita de radoteur. —
Ils y perdirent tous : on conclut l'hyménée;
Et convives nombreux arrivant au château,
Adieu! veau, mouton, porc, volatile, chevreau;
On en croqua vingt par journée.

FABLE III.

L'ARBRISSEAU ET SON MAITRE.

Près d'un jeune cyprès funèbre,
Qu'il dépassait par sa hauteur,
Un arbrisseau se crut célèbre;
Et, dans cette pensée, il dit à son seigneur :
« De grâce, dites-moi, mon maître,
Ne suis-je pas plus grand que ce superbe hêtre,
Dont le front élevé semble attaquer les cieux? »
« Point du tout, mon ami. »—« J'en atteste les dieux,
Reprit l'arbrisseau plein d'audace.
Arrachez-moi de cette place;
Plantez-moi près de lui, l'on sera sûr du fait. » —
Notre homme aussitôt dit que fait,
Vous l'arrache d'une main forte;
Le met sur l'épaule et le porte
Aux pieds du hêtre où l'arbrisseau confus
Fut un arbuste et rien de plus.

FABLE IV.

LE DINDON ET LE CHIEN.

Un jour, un beau dindon, près de son auge au grain,
        Se panadait, faisait la roue.
Un fils de Laridon, Perlinet ou Perlin,
        Lui dit : « Mon ami, je t'avoue
Que depuis quelque temps je ne te connais plus ;
Peux-tu bien ignorer de l'embonpoint l'abus,
        Ainsi que la douceur traîtresse,
De ton maître glouton qui te gorge, t'engraisse,
Pour lui-même, à son tour, se repaître de toi?
        Je n'y songe qu'avec effroi ;
Modère tes festins, crois-m'en : la tempérance
Est le premier ressort d'une longue existence.
Si tu ne te résous à prendre ce parti,
Au lieu de te gorger de grain et de farine,
Ta table va dans peu devenir ta ruine.
Plus tôt dindon est gras, plus tôt il est rôti. » —
Le dindon, s'indignant que l'on l'eût averti,
« Que t'importe, dit-il, ennuyeux tourne-broche,
Que l'on fasse bombance ou qu'on ne mange rien.
Tu n'es pas parmi nous assez ami du bien,
        Pour faire un semblable reproche ;
Ce n'est que jalousie. » —

                Ainsi souvent un sot
Ne voit dans un conseil que trame et que complot ;

Son obstination est parfois déplorable.
Je mets au premier lieu le sot intempérant;
Parlez-lui de la mort, de l'enfer et du diable,
Il n'en perd pas un coup de dent.

FABLE V.

LA JEUNE SOURIS ET SA MÈRE.

Petite souris se lassait
De vivre au sein de sa famille.
Sa tendre mère en gémissait,
Et toute en pleurs lui dit : « Ma fille,
Vous voulez donc de mes vieux ans
Hâter le terme et les tourments;
Car que ferai-je, ma pauvrette!
Loin de vous, je mourrai bientôt.
Pour vous le chat ou la chouette,
Hélas! vous gobera trop tôt.
Demeurez près de moi, ma mie;
Du monde craignez les appas.
Les ennemis de votre vie
Vous attendent à chaque pas!
Vous êtes sans expérience,
Vous ne connaissez que le bien;
Que deviendra votre innocence! » —
« Chère mère ne craignez rien,
Lui dit alors notre étourdie,
Et certes sera dégourdie

*

Celle qui me fera la part. » —
Ayant dit ces mots, elle part,
Malgré les larmes de sa mère,
Et puis s'engage, à la légère,
Dans un bois sombre où le hibou
La prend et la gobe en son trou.

D'autres souris se sont vues,
Parmi nous, tôt devenues
Victimes de leur fierté,
Pour avoir trop tôt quitté
Le seuil de leur tendre mère.
Je m'en tais, et ne veux faire
Dans ce candide morceau
La leçon qu'au souriceau.

FABLE VI.

LE RAT HABILLÉ EN CHAT.

Le trait dévie ; on doit craindre
Qu'il ne retombe en défaut
Si l'on ne vise un peu haut
Le but que l'on veut atteindre.
J'y souscris ; mais seulement
J'y veux du tempérament.
N'allez pas jusqu'à la nue
Viser à la continue
Dans la Robe ou dans l'État.

Pour être humble magistrat,
Vouloir être potentat,
C'est beaucoup trop vouloir être.
Mais veuillez être, pour mettre
En tout mesure et milieu,
Maire pour être adjoint, abbé pour être moine,
Évêque pour être chanoine,
Et pour être roi demi-dieu.

J'ignore encor par quelle voie
On a su parmi nous que vers le temps de Troie,
Pour se faire craindre un vieux rat
Se mit, tant bien que mal, la fourrure d'un chat.
Ce Patrocle fourré mit partout l'épouvante :
La nation des rats fut se cacher tremblante;
On vit régner partout la terreur et l'effroi. —
« Le stratagème est bon, dit-il, me voilà roi.
Oui vraiment je le suis. Mon bonheur est extrême!»—
« Ton bonheur, lui dit-on, peux-tu jouir toi-même,
Quand parmi tes sujets tu répands la terreur?
Fais qu'on te craigne assez, mais fais surtout qu'on t'aime
Sans cela tu n'es pas un habile empereur. » —
Tandis qu'au loin tout s'achemine,
Un seul rat courageux se cache en la cité;
Il contemple sa majesté,
Son maintien, son regard, son allure, sa mine.
Après avoir tout consulté,
Sans suffisance et sans envie,
Il jure entre ses dents qu'il n'a vu de sa vie
De sire si mal fagoté
Parmi les chats du voisinage.

Il soupçonne déjà quelque faux personnage;
   Il en avertit le sénat. —
Lui venu, l'on connaît que ce n'est qu'un vieux rat
   Caché sous l'hermine d'un chat.
   Il y paya de sa tête :
   On le pend bien et dûment.

   Il faut du tempérament,
   La conséquence en est nette.
   Peut-être notre normand
   Eût eu sa fortune faite,
   S'il avait mis, seulement,
   La robe d'une belette.

FABLE VII.

LE RENARD ET LE FERMIER.

   Messer Renard allait en guerre.
Il prendra, disait-il, trois coqs avant le jour;
   Vingt poulets seront mis par terre,
Que Phébus n'aura pas fait un quart de son tour.
   Qu'ils soient bien sûrs de leur défaite. —
   De son fils il faisait la fête,
   Et ses convives étaient gens
      Diligents
   Dans les comités mangeants.
   « L'honorable compagnie
   Demain fera bonne vie,

Dit-il, nous ajouterons
Au dîner quelques dindons.
Je connais plus d'une rime ;
Bien fin qui m'échappera.
La chasse la plus opime
A mon logis descendra.
Gare la ferme voisine ! »
En parlant, il s'achemine
Jusqu'au lieu du poulaillier
Qu'il jure de dépouiller. —
Mais Bernard, propriétaire,
A juré, foi de Bernard,
D'exterminer tout renard.
Caché dans de la bruyère,
Il attendait le larron,
Et, du haut d'une gouttière,
D'une balle il lui fit don,
Qui ne lui prit qu'une oreille. —
Mais jamais frayeur pareille.
Renard rentre à la maison,
Peu content de sa retraite.
Adieu ! ripaille, adieu ! fête.
Il la remit à plus tard :
Et jura foi de renard,
Qu'il ne fixera plus l'heure
De bombance ou de festin,
Avant que dans sa demeure
Il ait porté le butin.

Nous faisons même ramage ;
Le trop d'espoir nous séduit.

Nous savourons en esprit
Parfois un fort bon potage
Qui n'est pas encore cuit.
Le pot crève, tout s'enfuit.

FABLE VIII.

L'HAMEÇON ET LE BUISSON.

Passe-tartufe hameçon
Dit au grenadier buisson :
« Quoi! pied et main armés et ne jamais rien prendre,
Mon ami, plus j'y songe et moins je puis comprendre
Que le ciel ne t'ait fait le cerveau de travers.
     Pour réussir, dans l'univers,
Il faut à plus d'un œil savoir cacher sa route.
     Je te donne un avis, écoute :
     Lorsque tu veux gagner un port,
Fais toujours, à grand bruit, voile vers l'autre bord;
Et puis, par maint détour, revenant en arrière,
Toute la garnison sera ta prisonnière.
C'est par là que les Grecs gobèrent Ilion;
Il faut de l'ennemi fixer l'attention
     En toute chose à point contraire.
C'est l'âme du métier, le ressort de tous arts.
     Mais toi, tu présentes tes dards
     A la nature toute entière.
Tu ne sais pas encor, crois m'en, le *Hic, hæc, hoc*

De ton latin. Aussi tu n'as rien à ton croc,
Si non quelque lambeau de la robe hideuse
    De mainte pécore rogneuse,
Qui passe, par mégarde, une fois l'an chez toi.
Voilà tout ton avoir. Je te plains bien. Mais, moi,
Je sais adroitement, par demi-tour à gauche,
Cacher mes pas ; aussi j'ai toujours à ma broche
Belles pièces, gibiers succulents, gras et beaux,
    Bonnes carpes et gros barbeaux.
    Tous les jours capture nouvelle. » —
Le buisson, qui n'est pas dépourvu de cervelle,
Lui dit : « Mon bon ami, je sais bien que Jupin
A chacun des mortels laisse un double chemin :
L'un mène droit au but ; l'autre, par ligne oblique,
S'insinue en trompant l'attention publique.
    Mais ce dernier ne fut permis
    Qu'aux combattants en guerre ouverte ;
    Car, dans ce cas, leurs ennemis
Savent que l'on tendra des piéges pour leur perte.
    Mais par un temps serein et beau,
Se faire aujourd'hui mouche et demain vermisseau
Pour conduire au trépas sa victime innocente,
C'est une trahison lâche, indigne, rampante,
Que je déteste autant que je hais Lucifer
    Et toute sa suite d'enfer. —
Adieu, tu perds ton temps à nous montrer ta route ;
Pour de telles leçons, notre esprit ne voit goutte.
Garde pour tes pareils ta basse habileté ;
Nous rougissons encor de la duplicité. »

FABLE IX.

LES SOURIS ET LE CHAT.

Un chat croquait quelques souris.
Et les souris délibérèrent,
Firent un décret, arrêtèrent
Qu'il fallait étrangler le Raminagrobis
Avec certains fils de cordage;
Ou s'en aller loin du parage
Que le scélérat habitait.
Ce second avis plut, le premier paraissait
Périlleux et fort difficile.
Peut-être le galant en eût croqué deux mille
Avant que, récemment pendu,
On]le vit par la corde au tombeau descendu.
On publia donc, pour bien faire,
L'édit suivant : « Le peuple souriquois
» Quittera le village, ira vivre en un bois.
» Que si quelqu'un dit le contraire,
» Il sera brûlé vif. Soit fixé le départ
» A quatre jours pour le plus tard. »
Ce terme échu, toute la bande
De la gent souriquoise endosse son paquet,
Les vieillards partent à regret,
Mais la jeunesse les gourmande,
Disant qu'en cette occasion,
Ils doivent, avant tout, sauver la nation
Des mains du chat qui les dévore. —

On marche, on arrive à l'aurore
Au bois marqué pour le séjour.
On fait l'appel. Présent, répondent tour-à-tour,
Maris, femmes, enfants, vieillards, tout l'équipage.
Du bois ils admirent l'ombrage,
Et le gland qui tombe à foison
De toute part sur le gazon.
Ce nouveau pays les enchante.
On festine, on se réjouit.
Mais la jeunesse turbulente
Fit tant de bruit
Que dans la nuit
Tous les hiboux se rassemblèrent;
Firent main-basse, dévorèrent
Plus de souris que dans un an
N'en dévorent cent chats; et dans le creux des chênes
Le peu qu'il en restait se vit chargé de chaînes.

Ainsi fuyant parfois certain demi-tyran,
On en rencontre des centaines.

FABLE X.

LE RENARD ET LES GRENOUILLES.

Le monde se fait vieux sans se faire plus sage;
On le voit aujourd'hui, comme à son premier âge,
Nourrissant dans son sein bon nombre de menteurs,
De perfides, d'ingrats et beaucoup de flatteurs

*

Qui s'en vont, au dépens d'une vaine opulence,
Mendier de beaux jours, pour leurs jours d'indigence.
Certain amour de soi produit partout ces maux;
Chez les hommes d'abord, puis chez les animaux.
Chez ces derniers, pourtant, l'exemple en est plus rare;
L'enfer de ses faveurs s'est montré plus avare
A leur égard : on y voit cependant
Quelque patte-pelu, quelque fourbe impudent.

Un renard, n'ayant rien pour mettre sous la dent,
S'avisa de flatter. Il s'assit près d'une onde
Où grenouilles, sortant de leur grotte profonde,
Fatiguaient les échos de mille cris perçants.
« Mes dames, leur dit-il, vos accords ravissants
Me forcent, en ce lieu, de suspendre ma route.
Ce sont des chants divins que mon oreille écoute;
        Et jamais le père des dieux
N'ouït rien de plus doux, de plus délicieux.
        Vous êtes reines souveraines
Des plus grands musiciens. Et dans l'art d'enchanter
        Jadis le charme des Sirènes
        N'était pas tant à redouter.
Que ne puis-je en ces lieux établir ma demeure!
Ah! déjà jusqu'à vous je serais descendu,
Si notre Galien ne m'avait défendu
De me mouiller les pieds. Ordonnez que je meure,
Si vous me refusez de venir jusqu'à moi,
Pour augmenter encor le tendre et doux émoi
Que vos chants ont produit dans mon âme ravie.
Je touche hélas! tantôt, à ce temps de la vie
Où l'oreille commence à se sentir des ans,

Qui rendent aux mortels leurs organes pesants. —
    Daignez donc approcher, de grâce !
Que je ne perde rien de vos divins accords ! » —
Et le peuple amphibie est déjà sur les bords,
Tant ce discours flatteur sait lui donner d'audace !
    Il arrive de toute part
    Jusques au museau du renard,
    Qui se relève, fait main-basse ;
    Il en fait un ample repas.

    La flatterie a des appas
A tromper d'autres gens que le peuple grenouille ;
Du Corbeau n'était point cervelle de citrouille,
Tant s'en faut, cependant il s'y laissa leurrer.
Puisse se voir un jour tout flatteur abhorrer !

FABLE XI.

LE PERROQUET ET LES BADAUDS.

Jadis un perroquet habitait le logis
D'un astronome habile et tout plein de science,
Qui, la lunette en main, à ses doctes amis
Montrait de l'univers l'ample magnificence.
« Pour moi, leur disait-il, je lis au firmament
Tout ce que l'univers montre de mouvement.
De tout céleste corps je désigne la place
Un astre ne saurait faire un pas dans l'espace

Dont le centre est partout et le bord nulle part,
Sans me montrer son terme et son point de départ.
Je fixe le soleil au centre du système;
La terre roule autour, roulant sur elle-même;
La lune autour de nous promène son séjour
Et tire son éclat du bel astre du jour;
La comète poursuit sa route vagabonde;
L'étoile au firmament éclaire un autre monde. »
De là passant aux éléments,
Qui tantôt sont unis et tantôt opposants,
Il chantait du Très-Haut la sagesse infinie,
Et de toutes ses lois, la sublime harmonie.
Messire perroquet écoutait la leçon;
La répétait souvent, à son tour, de façon
Que les sots le croyaient aussi fort que son maître.

Que de gens nous voyons paraître
Qui, pour quelques grands mots dérobés au hasard,
Passent chez l'ignorant pour des hommes de l'art.

FABLE XII.

LA PIE ET LA COLOMBE.

Chez la colombe, sa commère,
Margot la pie, un jour d'été,
Dirigea son aîle légère.
Après avoir bien caqueté,
Jasé, crié, raillé, sauté :

« J'ai vu le paon, dit notre agace ;
Ses jambes et ses pieds n'offrent aucune grâce ;
C'est un oiseau bien mal construit.
L'as-tu considéré, connais-tu son ramage ? »
La colombe lui répondit :
« Je ne connais que son plumage. »

FABLE XIII.

L'ANE ET LE ROSSIGNOL.

Un jour, deux animaux de différent étage,
De corps, d'esprit et de ramage,
Le rossignol et le baudet,
Chantaient au bord d'une forêt. —
L'ignorance, comme l'on sait,
Se prise et volontiers pense faire merveille. —
L'âne dit donc, dressant l'oreille :
« Vous vous vantez, les rossignols,
D'être très forts dans la musique.
Connaissez-vous certains bémols
De notre gamme chromatique ?
Si vous ne les connaissez pas,
Que chantez-vous tant ? Dans ce cas,
Malgré tout bon vouloir, vous ne pouvez rien faire ;
Tant que je ne les sus, moi, je devais me taire ;
Car mon maître, grand musicien
Et chiffonnier sans pair, dit que l'on ne sait rien

Tant qu'on ignore cette chose.
Entendez-vous comme il compose,
Tous les jours, d'aimables chansons?
Et quand il me permet, dans nos riants vallons;
De joindre ma voix à la sienne,
Tout le monde est ravi : même on sait que la mienne
Produit encore plus d'effet. » —
Le rossignol toujours chantait,
Préludait, faisait des passages
Plus beaux que les plus belles pages
Des Rossini, des Gluck, des Haydn, des Mozart
Et des premiers maîtres de l'art.
« Ha! lui dit le baudet, tu fais la sourde oreille;
Tu n'oses me répondre, il t'en coûte de voir
Que je t'ai convaincu de ton peu de savoir.
Adieu, tu ne sais rien, et conduite pareille
Fait que jamais tu ne sauras. »

Le rossignol pensait qu'en faisant peu de cas
Des sarcasmes d'un sot on l'oblige à se taire.
Vous n'eussiez su par où mieux faire.

FABLE XIV.

LE PETIT CHIEN ET LE BŒUF.

Un bœuf, tout couvert de sueur,
Paissait au sein d'une prairie. —
« Quoi! dit un jeune chien, faire si maigre vie
Après si pénible labeur?

Brouter l'herbe, vous, monseigneur!
Même vous n'en trouvez que par demi-bouchée.
Passe, s'il en était une bonne jonchée!
    Ha! ha! maintenant je vois bien
    Que le travail n'est bon à rien.
Vous travaillez beaucoup et pour prix on vous laisse
    Mourir de misère et de faim;
    Je repose, l'on me caresse
    Et l'on me donne de bon pain,
    Sans rien dire des friandises,
    D'odeur et de saveur exquises. » —
    Le bœuf ne répondit pas mot,
Pensant qu'on saurait bien guérir le petit sot. —
    Comme il persiste à ne rien faire,
    Alors qu'il est devenu grand :
« A quoi bon, s'il vous plaît, ce triple fainéant,
    Dit enfin son maître en colère.
    Tout chien qui ne sait aboyer
    Ne fut jamais bon qu'à noyer. » —
    Un valet entendit la chose :
Il prend le paresseux et doit, au fond d'un trou,
    L'enterrer vif, la corde au cou,
    Ce soir même après la nuit close.
Le chien pleura très fort en voyant son lien;
    Il alarma tout le village,
    La prairie et le pâturage.
« Mon fils, lui dit le bœuf, maintenant vois-tu bien
    Si le travail n'est bon à rien? »

FABLE XV.

LE COCHET, LA CALANDRE ET LE ROSSINGOL.

Un jour un cochet chanta ;
Une calandre écouta,
Puis le même chant répéta. —
Mais le cochet en colère,
« Quoi ! dit-il, persifler les gens de ma façon ?
Eh ! ma mignonne, ma commère,
S'il vous plaît, quel est votre son,
Ou plutôt votre beau ramage ?
Êtes-vous connue au village ?
Vous ferez bien, je crois, de changer de langage,
La dame, et de laisser les nôtres en repos.
Critiquer le savoir c'est le métier des sots. —
Je n'en dirai pas plus. Vous m'entendez, je pense.» —
La dame se tut lors. Mais bientôt, en cadence,
Le chant du rossignol résonnant dans le bois,
La calandre aussitôt d'entonner sur sa voix.
Et le prince de la musique
Supporta le tout en riant.

Petit maître aisément se pique,
Le vrai mérite est patient.

FABLE XVI.

L'ANE ET LE SINGE.

Après plus de mille ans d'ignorance complète,
L'âne voulut savoir quelque chose, à son tour,
Prétendant qu'aussi bien sa personne était faite
      Pour être philosophe un jour. —
Mais à qui s'adresser? les maîtres étaient rares;
Aristote et Platon ne vivaient pas encor.
Prenez, lui dit quelqu'un, le singe pour Mentor.
Ses talents sont nombreux : chez les peuples barbares,
Aussi bien que chez nous, on goûte son savoir.
L'âne fit donc venir le singe, afin de voir
S'il trouverait en lui de quoi former un sage.
Le régent le prévient que tout apprentissage
Coûte dès le début, mais que mainte douceur
Dédommage bientôt élève et professeur;
      Q'en d'autres termes, la science
A la racine amère et le fruit succulent.
Aristote l'a dit après lui. « Le talent
Est inné, dit le singe, en nous et l'éloquence
Vient le développer. Il vous faut, avant tout,
Si vous voulez un jour tenir certain haut bout,
Modérer votre voix, régler votre parole,
Bannir de votre ton l'emphase et l'hyperbole.
      La rhétorique ainsi l'entend. »
L'âne ouvrant ses grands yeux : Au fait, dit le régent,

Distinguez bien d'abord, élève intelligent,
A, é, i, y, o, u. La grammaire et l'usage
Veulent de la clarté. C'est l'âme du langage.
A, dit le rhéteur; A, dit aussi le grison —
E — I, a — Dites é — I — ce n'est pas ce son.
Répétez é — I, a — quelle dure machoire!!
Faites donc é, é, é — I, a, i — « Je dois croire
Que la science en vous aura peu de secours,
Aussi bien vos chardons rendent vos membres lourds.
Et vous devriez brouter quelques herbes légères :
Force vieux serpolet, peu de jeunes fougères;
Quelques jours de diète enfin; et croyez-moi,
Quand le corps est trop plein, on s'exprime avec peine.»
Le baudet, s'étonnant qu'il fallut tant de quoi
Pour devenir célèbre, ainsi que tant de gêne,
Fait comprendre au régent qu'il peut se retirer:
Qu'il préfère à ce prix franc baudet demeurer,
Dût le temps à venir lui consacrer un temple.

Que de baudets encor on voit à son exemple!!

FABLE XVII.

LE CHEVAL AVEUGLE ET SON MAITRE.

Jadis, un vieux coursier avait perdu les yeux.
Le pauvre, hélas! pour lui quelle triste aventure!
Daigne, au moins par pitié, l'Auteur de la nature
Conserver au vieillard la lumière des cieux!

Après mainte condoléance,
Le maître le bannit de son premier séjour.
Plus de foin désormais; il lui faut chaque jour
Essuyer les rigueurs d'une affreuse indigence.
Le coursier criait assistance!
On le laisse crier et mourir sans soutien.

Le pire de tout mal, hélas! on le voit bien,
C'est de n'être plus bon à rien.
Et plus d'un dit encore, en notre belle France :
Où meurt mon intérêt meurt ma reconnaissance.

FABLE XVIII.

LA PIE ET LE PIGEON.

L'occasion fait le larron.
On l'a dit avant moi, mais moi je le répète,
Et voudrais qu'on le sût par cœur; et la raison?
C'est qu'il ne suffit pas de l'avoir dans la tête.
Pour ne l'avoir su qu'à demi,
Que de vertus ont fait naufrage!
Lisez ce trait, lecteur ami,
Et n'oubliez jamais l'adage :

La pie, un beau jour, proposa
Au pigeon un lointain voyage;
Celui-ci s'en excusa,
Disant que son peu d'usage,

Comme son peu de courage,
Ne saurait le protéger
Dans un pays étranger. —
Mais margot lui dit en colère :
« Y songeriez-vous beau compère,
De montrer devant moi cette appréhension?
N'est-ce donc pas assez de ma protection?
Venez, ne craignez rien; allant de compagnie,
Nous ferons partout bonne vie :
Partout on nous recevra bien,
Car les miens ne manquent de rien,
Chez l'étranger, eux ni leur suite.
Si votre science est petite,
J'ai du sens, du savoir, je lis même aisément
Dans les temps avenir; et je tiens ce talent
De mes cousines les corneilles. » —
Le pigeon, au récit de toutes ces merveilles,
Se laisse entraîner, part. Les voilà dans les airs,
Passant péniblement les monts et les déserts.
Bien souvent ils se reposèrent;
Et puis enfin ils arrivèrent,
Sous un autre climat, chez d'autres habitants.
Bonjour, leur dit la pie. — « Hé! bonjour, mes enfants,
Répond le chef de cette race,
Qui se trouva, dit-on, oncle de notre agace;
Soyez les bienvenus : vous pouvez, parmi nous,
Boire et manger comme chéz vous. »
Les compliments finis, on leur servit, à table,
Les membres palpitants de maints petits oiseaux,
Des œufs, des grains vieux et nouveaux.
La pie était insatiable,

Mangeait de tout et, sans façon,
Plaçait quelque bon mot, à son tour. Le pigeon
Montrait beaucoup de retenue :
A peine mangeait-il quelques grains, car la vue
Des oiseaux palpitants navrait son tendre cœur ;
Mais il le souffrait sans rien dire ;
Ses scrupules auraient fait rire
Ce peuple taquin et moqueur. —
Le repas terminé, le père et la famille
Se mirent à jaser sur ceci sur celà :
L'un a ce défaut-ci, l'autre ce défaut-là ;
Le serin, disent-ils, a des yeux de chenille ;
Le pic-vert charmerait sans sa vilaine voix ;
Le hibou vit en gueux dans les creux de nos bois ;
Le merle, au bec mignon, ne sait faire autre chose
Que siffler quelque peu ; voilà tout son talent ;
L'ennuyeux rossignol jamais ne se repose
Pour se faire appeler le chanteur vigilant.
Cette race, en un mot, très encline à médire,
Flétrissait, déchirait les plus belles vertus.
Eh ! que d'imitateurs ! Mais je n'en dis pas plus
Sur ceux-ci. Le pigeon donnait quelque sourire
A ces discours malins : la médisance plaît.
Un peu plus tard, il ajoutait
Quelque petit mot de satire ;
Puis enfin il devint moqueur
Comme la pie, et puis voleur.
C'est ainsi que d'un mal on tombe dans un pire.
Mais je conduis trop loin ma proposition.

L'occasion fait le larron.

FABLE XIX.

LE RENARD ET LE CHAT.

Le chat et le renard convinrent un beau jour,
Pour faire plus de mal, de vivre comme frères,
Mettant tout en commun. « Je connais plus d'un tour,
    Dit le dernier; et l'on ne me voit guères,
    Manquer par deux fois de butin. » —
    « Moi, dit le chat, aucun matin
Ne me voit au logis revenir les mains vides
    Ces rats et ces souris perfides
    Qui font à l'homme tant de mal!... » —   [me!
« Quoi! reprit l'autre, l'homme? et tu tiens donc à l'hom-
Cet insigne imposteur! ce pince-maille! en somme,
    C'est de tous le pire animal; —
Trouve-m'en, s'il te plaît, un seul qui, sans envie,
Sache passer un jour seulement de sa vie?
Il voudrait dans ses rets tenir tout l'univers.
    Enfin, dis-moi, toi qui le sers,
En es-tu fort content? quels sont tes bénéfices? » —
« Presque aucun, dit le chat. Aussi mes bons offices
Sont pour moi, bien qu'ayant toujours l'air d'être à lui;
    Car comme chez l'homme aujourd'hui,
On flatte fort devant et déchire derrière;
J'ai pris certain système et certaine manière
De faire comme lui : vivant dans son palais,
Je lui baise la main et lui mords les mollets.

Voici de mes leçons, autrement, la première :
     « Ne fais aucun bien aux ingrats. »
Et nous chassons pour nous quand nous chassons aux
     Non pour l'homme que je déteste,   [rats,
Que je tiens le premier de tous les scélérats ;
Un perfide, un cruel, un barbare, une peste ! » —
« Fort bien. Je disais donc qu'il ne tiendra qu'à nous
De lui faire le mal qu'il voudrait faire à tous.
Quant à moi, j'ai l'adresse et la force en partage ;
L'astuce t'est échue avec un avantage... » —
« L'astuce, dit le chat, me prends-tu pour fripon ?» —
Non. — Mais encore ! — « Non, bien assurément, non ;
     Je voulais dire la prudence.
     Avec un avantage immense,
     C'est d'y voir clair pendant la nuit
Et de pouvoir entrer chez l'homme qui nous nuit,
Sans être soupçonné d'aucune malveillance.
Tu seras donc mon guide, et tu m'enseigneras
De tous les poulaillers, les meilleurs, les plus gras,
Qui soient aux environs une lieue à la ronde ;
     Puis la nuit, lorsque tout le monde
Goûtera les douceurs d'un funeste repos,
     Tu m'avertiras à propos,
Et tu seras content de notre stratagème. » —
Ainsi dit, ainsi fait : le soir de ce jour même,
Lorsque l'astre des nuits, au visage argentin,
Promenant ses regards dans un pays lointain,
Plongeait notre hémisphère en un sommeil extrême,
Le renard, averti, pénètre avec fureur
Dans divers poulaillers. — O nuit pleine d'horreur !
Pourras-tu sans frémir nous dépeindre la rage

De ce cruel tyran, avide de carnage !
La Mort, la pâle Mort suivait partout ses pas ;
La Parque ne savait compter tous les trépas.
Et jamais les Troyens, par dix ans de batailles,
N'avaient eu tant de morts autour de leurs murailles
Que les dits poulaillers. — Au retour du matin :
« C'est assez, dit le chat, partageons le butin. »
« Partager ? reprit l'autre. Et penses-tu, compère,
Que pour un peu de guet nombre pair te soit dû ?
Tiens voilà ce vieux coq. Et tu seras pendu   [père
Si ta dent touche à rien... » —« Quoi ! cette nuit pros-
Ne me doit, dit le chat, qu'un vieux coq pour salaire !
Un coq, sans plus, un coq sera tout mon avoir ?
Je veux moitié de tout ou ne veux rien avoir,
          Fourbe, voleur, abominable ! » —   [ble,
« Tais-toi, répliqua l'autre, ou bien, monstre exécra-
Tu grossiras bientôt le nombre des gisants. »
Et le chat de crier. Et ses cris menaçants
Faisaient trembler les morts. Maints fermiers arrivèrent,
          Et nos fripons se retirèrent
          Et pour toujours se séparèrent.

Si les méchants savaient agir tous de concert,
Bientôt le monde entier de bons serait désert.
Heureusement chez eux les querelles, les noises
          Viennent du soir au lendemain :
Deux esprits scélérats, deux cervelles matoises
          Ne font pas loin même chemin.

FABLE XX.

LE RUISSEAU ET LE TORRENT.

Un torrent, grossi par l'orage,
Détruisait tout en son passage :
Chêne, peuplier, saule, arbrisseau,
Échalas, charmille, berceau,
S'apprêtaient de leur mieux à faire le passage
Des ondes du Styx à la nage,
Et des ombres allaient accroître le monceau,
Quand soudain un petit ruisseau,
A l'humeur douce et transparente,
A leurs yeux troublés se présente.
« Te voilà, lui dit le torrent,
Triste, égaré, perdu, comme un nigaud errant
Dans les coins de cette prairie?
Un trou de taupinée, un brin d'herbe flétrie
Te détourne dans ton chemin.
Viens avec moi, je puis, te tenant par la main,
Rendre ton nom célèbre au temple de Mémoire;
Aujourd'hui je te cède un rayon de ma gloire,
Et te voilà parmi les tiens
Grand comme moi parmi les miens. » —
« Seigneur, dit le ruisseau, tant d'honneur ne sied guère
A ceux qui sont nés comme moi.
Aussi bien quand je considère
Qu'auprès de vous tout, en émoi,

Ne vient, ne meut et ne respire
Ensemble que pour vous maudire,
J'aime mieux de ce pré la riante verdeur
Que vos vastes états où règne la terreur.   [mes.
Pouvez-vous bien vous-même y trouver quelques char-
Peut-on se plaire hélas! à voir couler des larmes!
Et peut-on, sans frémir, voir ces morts entassés
Qu'emmènent en courant tous vos flots courroucés?
Tenez-vous pour grandeur et titre de noblesse
Vos insignes larcins? Votre pitié me blesse.
.Allez et me laissez; j'aime mieux à ce prix
N'être aux yeux de chacun qu'un objet de mépris. —
Mais tel n'est pas mon sort : on vous maudit, on m'aime;
Chacun à me louer trouve un plaisir extrême.
Le berger, chaque jour, sur son doux chalumeau,
Chante aux échos ravis la douceur de mon eau.
Pour finir : tous mes pas se parsèment de roses
Et de mille autres fleurs sur mon passage écloses.
Près de moi, de la paix on goûte les douceurs.
Vous régnez sur les corps, je règne sur les cœurs. »

Albi, Impr. de M. Papailhiau.

9 782329 143767